SÊNECA

SOBRE A BREVIDADE DA VIDA

SÊNECA

SOBRE A BREVIDADE DA VIDA

PÉ da letra

Publicado originalmente como *De Brevitate Vitae*.

Os direitos desta edição pertencem à
Editora Pé da Letra
Rua Coimbra, 255 - Jd. Colibri - Cotia, SP, Brasil
Tel.(11) 3733-0404
vendas@editorapedaletra.com.br / www.editorapedaletra.com.br

Direção Editorial James Misse
Edição Fábio Takaoka
Direção de Arte Robério Gonçalves
Tradução Valéria Paixão
Revisão Valéria Paixão
Diagramação Robério Gonçalves e Editora Pé da Letra

Impresso no Brasil, 2023

Dados Internacionais de Catalogação na Publicação (CIP)
Angélica Ilacqua CRB-8/7057

Sêneca

Sobre a brevidade da vida / Sêneca ; tradução de Valéria Paixão. – 1. ed. – Cotia, SP : Pé da Letra, 2023.

96 p. : il., color.

ISBN 978-65-5888-762-1

Título original: De Brevitate Vitae

1. Conduta 2. Ética 3. Estóicos I. Título II. Paixão, Valéria

23-2370 CDD 188

Índices para catálogo sistemático:
1. Conduta

ISTOCK

A Paulino

I

1

A maioria dos mortais, Paulino, queixa-se da maldade da natureza, porque nosso período de vida é breve, e, segundo eles, o espaço de tempo que nos foi dado corre tão rápido, tão veloz, de forma que, à exceção de muito poucos, a vida abandonaria a todos exatamente nos preparativos para a vida. E não é somente a multidão e a turba insensata que se lamenta deste mal considerado universal: a mesma impressão provocou queixas também de homens ilustres.

2

Daí o protesto do maior dos médicos: "A vida é breve, a arte é longa."[1] Daí o conflito, muito impróprio para um filósofo, que Aristóteles teve com a natureza: "aos animais, ela concedeu tanto tempo de vida, que eles sobrevivem por cinco ou dez gerações; ao homem, nascido para tantos e tão grandes feitos, está estabelecido um limite muito mais curto."

3

Não recebemos uma vida breve, mas a tornamos. A vida é suficientemente longa e com generosidade nos foi dada, para a realização de grandes ações, se tudo for bem investido. Mas, quando ela desaparece na ostentação e na indiferença, quando não a empregamos em nada de bom, percebemos que a vida que não vimos passar morreu.

---

1 *Vita brevis, ars longa* — traduzido do latim: A vida é curta, a arte é longa. É um aforismo em latim que tem sua origem nos escritos do arquiteto e médico grego Hipócrates, mas que foi popularizada pelo poeta romano Sêneca.

“Não recebemos uma vida breve, mas a tornamos.”

— Sêneca

4

Assim é: a vida que recebemos não é breve, mas a fazemos, nem somos dela carentes, mas esbanjadores. Tal como abundantes e grandiosos recursos, quando caem nas mãos de um dono irresponsável, desparecem num instante, enquanto que, por pequenos que sejam, se são confiados a um bom dono, crescem pelo uso, assim também nossa vida se estende por muito tempo, para aquele que sabe usufruir bem dela.

II

1

Por que reclamamos da natureza? Ela se mostrou benevolente: a vida será longa se souberes utilizá-la. Mas uma avareza voraz apossa-se de um de outro, uma laboriosa dedicação a empreendimentos inúteis, um embriaga-se de vinho, outro entorpece-se na ociosidade; a este, uma ambição sempre dependente das opiniões dos outros, uma ganância leva aquele a percorrer todas as terras e todos os mares, na busca de lucro; a paixão pelos assuntos militares atormenta muitos, que estão sempre empenhados em infligir perigos a outros ou preocupados com o perigo para si mesmos. Alguns estão desgastados pela escravização voluntária da presença ingrata dos seus superiores.

2

Muitos são mantidos ocupados lutando pela riqueza de outras pessoas ou reclamando da sua. Muitos que não têm um objetivo consistente em vida são lançados de um novo projeto para outro por uma inconstância, nunca acomodado e sempre insatisfeito consigo mesmo, e o destino surpreende-os esgotados e bocejantes, de tal forma que não duvido ser verdadeiro o que disse, a estilo de um oráculo, o maior dos poetas:

3

"Pequena é a parte da vida que vivemos." Realmente, todo o restante não é vida, mas apenas o tempo. Os vícios atacam-nos, e rodeiam-nos de todos os lados e não permitem que nos reergamos e levantemos os olhos para o claro discernimento da verdade, mas eles os pressionam, mantendo-os abaixados e fixos no mero desejo. Nunca é permitido às suas vítimas voltar a si: se por acaso acontecer de encontrarem alguma trégua, ainda assim, tal como no fundo do mar, no qual, mesmo após a tempestade, ainda há agitação, eles ainda assim são o joguete das paixões, e nenhum repouso lhes é concedido.

4

Você acha que estou falando apenas daqueles cujos vícios são declarados? Olhe para aqueles cuja a prosperidade atrai a multidão: eles são sufocados pelos próprios bens. Quantos acham sua riqueza um fardo! Quantos são drenados de seu sangue por sua eloquência e suas preocupações diárias em mostrar suas habilidades! Quantos estão pálidos doentiamente de seus prazeres incessantes! Quantos são deixados sem liberdade por causa da multidão de seus clientes sitiantes! Resumindo, olhe para todos esses homens do mais baixo ao mais alto: uma pessoa convoca o conselho para pleitear seu caso, outro atende a chamada; um é julgado, outro defende, outro preside como juiz; ninguém afirma sua reivindicação para si mesmo, mas cada um é desperdiçado por causa do outro. Pergunte sobre aqueles cidadãos fluentes cujos nomes são meticulosamente memorizados, e você verá que as seguintes distinções os distinguem: o primeiro cultiva um segundo, o segundo um terceiro; ninguém é seu próprio mestre.

5

E, portanto, é o cúmulo da insensatez, a indignação de alguns: queixam-se da indiferença de seus superiores, porque estes estavam muito ocupados quando o desejavam. Quem ousará queixar-se do orgulho de um outro, quando ele mesmo não tem um momento livre para si próprio? E aquele, contudo, apesar da sua indiferença, olhou para você uma vez com consideração, sem saber quem você era, ele se dignou a ouvir suas palavras, ele permitiu que você caminhasse ao seu lado. E então você não tem motivos para esperar um retorno de ninguém por essas suas atenções, já que você as ofereceu não porque você queria a companhia de outra pessoa, mas porque você era incapaz de se comunicar consigo mesmo.

III

1

Embora todas as mentes brilhantes que brilharam ao longo dos tempos concordam neste ponto, eles nunca poderiam expressar adequadamente seus espantos com essa névoa escura na mente humana. Não se suporta que as propriedades sejam invadidas por ninguém, e, se houver uma disputa trivial quanto à medida de seus limites, os homens recorrem a pedras e armas; no entanto, eles vão tão longe a ponto de convidar aqueles que vão tomar posse de suas vidas. Você não encontrará ninguém disposto a distribuir dinheiro dele; mas para quantas pessoas cada um de nós compartilha sua vida! Os homens são parcimoniosos na guarda de sua propriedade privada, enquanto, quando se trata de desperdiçar o tempo, são muito pródigos com relação à única coisa em que a ganância é justificada.

2

Por isso, agrada-me interrogar um qualquer, dentre a multidão dos mais velhos: "Eu vejo que você atingiu o limite da vida humana, você está pressionando muito seu centésimo ano ou mais; venha agora, submeta sua vida a uma auditoria. Calcule quanto do seu tempo foi ocupado por um agiota, amante, superior ou cliente, te subtraiu e quanto ainda as brigas conjugais, as reprimendas aos escravos, correndo pela cidade em deveres sociais; acrescenta as doenças que nós próprios nos causamos e também todo o tempo perdido: então você perceberá que tem menos anos de vida do que imagina.

3

Faça um esforço para se lembrar: quando você já teve certeza de seu propósito? Quantas vezes um dia qualquer decorreu como você planejou? Quando empregou seu tempo com você mesmo? Quando sua mente esteve livre de perturbações? Que realização você pode reivindicar em uma vida tão longa? Quantos saquearam sua existência sem você estar ciente do que estava perdendo? Quanto tempo você esteve perdido na angústia sem fundamento, no prazer tolo, no desejo ganancioso, nos encantos da sociedade; quão pouco resta para você de sua própria reserva de tempo? Você vai perceber que você está morrendo antes do tempo.

4

Qual é, então, a razão disso? Viva como se fosse viver para sempre, nunca ocorreu que você é frágil, não percebe quanto tempo já passou; como se ele fosse farto e abundante, ao passo que aquele mesmo dia que é dado ao serviço de outro homem ou outra coisa seja o último. Como mortal, você tem medo de tudo, mas deseja tudo como se fosse imortal.

5

Você ouvirá muitos dizerem: “Aos cinquenta anos me refugiarei no ócio, aos sessenta estarei livre de meus encargos.” E que garantia tem de uma vida tão longa? E quem garantirá que tudo irá conforme você planeja? Você não tem vergonha de guardar para si apenas os restos de sua existência, e destinar ao pensamento filosófico apenas aquela porção de tempo que não pode ser aplicado a qualquer negócio? Quão tarde começa a viver, quando já é hora de deixar de fazê-lo. Que negligência tão louca a dos mortais, de adiar para o quinquagésimo ou sexagésimo ano os prudentes juízos, e a partir deste ponto, ao qual poucos chegaram, querer começar a viver!

*"Como mortal,
você tem medo de
tudo, mas deseja
tudo como se fosse
imortal."*

— Sêneca

IV

1

Você descobrirá que os homens mais poderosos abandonam palavras em que rezam por lazer, elogiam-no e preferem-no a todas as suas bênçãos. Por um momento desejam abdicar daquela sua proeminência, se for possível fazê-lo em segurança, pois ainda que nada venha do exterior assaltá-la ou abalá-la, por si só a fortuna se desfaz.

2

O divino Augusto, a quem os deuses deram mais do que qualquer homem, nunca deixou de orar por descanso para si mesmo e buscar libertação dos assuntos públicos; todas as suas falas voltavam sempre ao mesmo ponto: a esperança de ócio. Isto distraia suas penas com o seguinte consolo, ilusório, contudo doce: um dia haveria de viver para si mesmo.

3

Em uma carta que enviou ao Senado, quando ele havia dado uma garantia de que sua aposentadoria não seria carente de dignidade e nem inconsistente com seu antigo prestígio, encontrei essas palavras: "É porém mais ilusório que essas coisas se realizem do que podem ser prometidas. Contudo o desejo daquele tempo, pelo qual tanto orei, levou-me a antecipar algo de seu deleite pelo prazer das palavras, já que a alegria dessa realidade ainda tarda em chegar."

4

O ócio era uma coisa tão almejada, que, por não poder usufruir dele, antecipava-o em pensamento. Ele, que via todas as coisas dependerem unicamente de si, que decidia a sorte dos homens e das nações, com muita satisfação pensava no dia em que ele deixaria de lado sua grandeza.

5

Ele sabia por experiência quanto suor foi arrancado dele por aquelas bênçãos que brilharam no mundo por todas as terras, de quantas inquietações reprimidas eles ocultavam: forçado a combater os cidadãos, depois os amigos, e finalmente os mais próximos de si, em mar e em terra fez correr sangue. Tendo levado a guerra à Macedônia, Sicília, Egito, Ásia e a quase todas as terras conhecidas, dirigiu os exércitos já cansados de oprimir romanos às guerras externas. Enquanto pacifica os Alpes e subjuga inimigos infiltrados em meio à paz do Império e estende as fronteiras para além do Reno, do Eufrates e do Danúbio, na própria Roma contra ele se voltavam os punhais de Murena, Cepião, Lépido, Egnácio e de tantos outros.

6

Ele ainda não havia escapado das intrigas destes, e sua filha e muitos jovens nobres entregavam-se ao adultério, como se isso fosse um sacramento, atormentando dessa forma sua velhice; e ainda havia uma segunda e temível união de uma certa mulher a um Antônio[2]. Ele arrancava essas feridas com suas próprias mãos, e outros, latentes, irrompiam; tal como num corpo ferido e sangrando, uma outra parte qualquer sempre se rompia. Por isso desejava o lazer; todos os seus labores residiam nessa esperança e pensamento: tal era o desejo daquele que podia satisfazer todos os desejos.

2 Julo Antônio, o segundo filho do General Marco Antônio, foi punido com a morte em 2 a.C. por adultério com Julia, a única filha do imperador Augusto.

V

1

Marco Cícero, fustigado entre Catilinas e Clódios, de um lado, e Pompeus e Crassos, de outro, aqueles, inimigos declarados, os outros, amigos duvidosos, enquanto oscilava com a República e procurava sustentá-la no seu naufrágio, até finalmente afundar com ela, sempre inquieto na prosperidade e impaciente na adversidade, quantas vezes não amaldiçoou seu próprio consulado, que era louvado não sem motivo, mas sem moderação[3].

3 Aparentemente uma distorção de Sêneca: os escritos existentes de Cícero não fornecem nenhuma evidência de tal blasfêmia.

2

Que coisas lamentáveis ele diz numa carta a Ático, na época em que Pompeu[4], o Pai, já havia sido vencido, e seu filho restaurava na Espanha as armas despedaçadas! "Você pergunta", ele diz, "o que estou fazendo aqui? Morando em minha propriedade em Túsculo, semilivre." Ainda acrescenta outras palavras, nas quais lamenta a vida passada, queixa-se do presente e desespera-se com o futuro.

3

"Meio-livre", disse Cícero de si mesmo. Mas é desnecessário dizer que o sábio nunca recorrerá a tal termo abjeto, nunca será "Meio-livre", mas será um homem de íntegra e sólida liberdade, desapegado, senhor de si e bem acima dos demais. O que pode estar acima daquele que está acima da fortuna?

4 Após a derrota de Pompeu para César em Farsália em 48 a.C., Gnaeus, seu filho mais velho, foi derrotado em Munda (Espanha) em 45 a.C. Mas a alusão pode se estender a Sexto, irmão de Gnaeus, que prolongou as atividades pompeianas na Espanha até após a morte de César.

VI

1

Diz-se que Lívio Druso[5], homem violento e ousado, tinha o apoio de uma multidão de toda a Itália, não vendo uma saída para sua política — que ele não podia levar adiante nem abandonar, amaldiçoou sua vida agitada desde o princípio e declarou nunca ter tido férias, nem mesmo quando criança. Na verdade, adolescente ainda, e não tinha vestido a toga de adulto, ousou fazer recomendações sobre os réus aos Juízes e fazer prevalecer tão eficazmente sua opinião no fórum, que é tido como certo que algumas causas foram por ele arrebatadas.

5 Marco Lívio Druso, o Tribuno, foi um político romano.

2

Onde tal ambição precoce não encontraria uma saída? Você talvez possa imaginar que uma audácia tão precoce haveria de resultar em fonte de grande prejuízo público e particular. E, portanto, era tarde para se queixar de nunca ter tido férias, ele que, desde criança, já era um perturbador e um elemento nocivo ao fórum. Não está claro se ele morreu por suas próprias mãos. Ele caiu de repente de um ferimento recebido na virilha; há quem duvide se sua morte foi voluntária, mas ninguém, de que foi oportuna.

3

Seria desnecessário mencionar mais figuras que, embora eles pareciam para os outros os mais felizes dos mortais, eles mesmos testemunhavam contra si mesmos quando expressaram intenso ódio por cada ato de suas vidas. No entanto, por essas queixas, eles não mudaram nem eles mesmos nem qualquer outra pessoa; pois depois da explosão, seus sentimentos reapareceram, convertidos para o seu estado normal.

4

Na realidade, sua vida, mesmo que você viva mil anos e mais, será compactada em um mero espaço de tempo: já os vícios podem devorar séculos e séculos. O espaço de tempo que temos, a razão pode na verdade dilatá-lo; e, embora a natureza faça-o correr, você falha em agarrá-lo e retê-lo, e você não faz nada para atrasar a mais rápida de todas as coisas, mas você permite que ela passe como se fosse alguma coisa superabundante que podemos voltar novamente.

VII

1

De fato, entre os piores casos, incluo também aqueles que tem tempo para nada além de bebida e luxúria; pois estes são os mais vergonhosos de todos. Outros, embora se prendam à imagem vazia da glória, contudo erram honradamente; você pode enumerar os gananciosos, os turbulentos, ou os que se entregam a ódios e guerras injustas: todos estes pecam de uma maneira mais viril. São aqueles abandonados ao ventre e à luxúria que carregam a mancha da desonra.

2

Examinar cada momento da vida dessas pessoa: verifica quanto gastam em cálculos avaros, quanto em preparar emboscadas, quanto temendo-as, quanto bajulando, quanto sendo bajulados; e quanto tempo ocupam em compromissos judiciários, seus ou alheios, ou em jantares que se tornaram negócios — que já se tornaram mesmo uma obrigação: você verá que nem seus bens, nem seus males, os deixam respirar.

3

Resumindo, todos concordam que um homem ocupado não pode fazer nada bem: não pode se dedicar à retórica, nem aos estudos liberais, uma vez que seu espírito, ocupado em coisas diversas, não se aprofunda em nada, mas, pelo contrário, tudo rejeita, pensando que tudo lhe é imposto. Viver é a atividade menos importante do homem ocupado; no entanto, não há nada que seja mais difícil de aprender. Professores das outras artes, há vários e por toda parte, dentre algumas dessas, vemos crianças terem atingido tanta maestria, que chegam até a desafiar o mestre. Deve-se aprender a viver por toda a vida, e, por mais que você fique surpreso, leva uma vida inteira para aprender a morrer.

"Viver é a atividade menos importante do homem ocupado; no entanto, não há nada que seja mais difícil de aprender."

— Sêneca

4

Tantos homens da mais alta posição deixaram de lado todos os seus encargos, renunciaram a sua riqueza, seus negócios, seus prazeres, e até o fim da vida, eles têm como único objetivo saber como viver. No entanto, a maioria deles partiu da vida percebendo que eles ainda não tinham tal conhecimento — menos ainda aqueles que outros o alcançaram.

5

Acredite em mim, é a marca de um grande homem, e alguém que se eleva acima da fraqueza humana, não permitir que lhe tomem um instante sequer da vida. Consequentemente, a vida de tal pessoa é extremamente longa porque ele mantém à sua disposição a totalidade de qualquer quantia de tempo que ele tinha. Nem um instante dela permaneceu descuidado ou ocioso, ou esteve subordinado a um outro e, portanto, ele, seu guarda mesquinho, não encontrará ninguém que julgue ter vivido dignamente a ponto de querer trocar sua vida com a dele. E então aquele homem teve tempo suficiente; mas aqueles privados de grande parte de suas vidas pelo público tiveram necessariamente muito pouco.

6

Nem você deve imaginar que essas pessoas às vezes não são conscientes de sua perda. Certamente ouvirá muitos dos que são esmagados por sua grande prosperidade, ocasionalmente, exclamar de entre a multidão de clientes, ou de seus processos jurídicos, ou de outras honoríficas misérias: "Não tenho chance de viver".

7

Claro que não! Todos aqueles que o envolvem em seus negócios o desvinculam de si mesmo. Quantos dias te tomou aquele réu? E aquele candidato? E a velha, já cansada de enterrar herdeiros? E aquele que finge ser doente para excitar a cobiça dos caçadores de testamentos? Ou aquele amigo poderoso que se apega a você não por amizade verdadeira, mas para exibir? Faz a contagem dos dias de sua vida: verá que restaram muito poucos dias para você mesmo.

8

O homem que alcançou o alto cargo pelo qual ele orou, anseia por deixá-lo de lado e repetidamente diz: "Quando este ano passará?" Outro proporciona espetáculos públicos, que tanto desejou que lhe fossem cabidos por sorte, e agora diz: "Quando estarei livre deles?" Disputa-se tanto para ouvir aquele advogado, que ele enche de uma grande multidão todo o fórum, até para além de onde pode ser ouvido. "Quando" — diz ele —, "me livrarei disto?" Cada um faz precipitar sua vida e padece da ânsia do futuro e de tédio do presente.

9

Mas a pessoa que dedica cada seção do seu tempo às suas próprias necessidades, nem deseja o amanhã, nem o teme. Pois que novo tipo de prazer existe que a qualquer hora pode agora trazer? Tudo foi experimentado, tudo desfrutado por completo. Quanto ao resto, a fortuna pode fazer os arranjos que quiser; a vida já alcançou a segurança. Nada se pode adicionar ou arrebatar, e, mesmo que algo se acrescente a ela, seria como se alimentassem alguém já farto de alimentos: estará recebendo algo que nem mais deseja.

10

Então não há razão para acreditar que alguém viveu muito porque tem cabelos grisalhos e rugas: ele não viveu por muito tempo, simplesmente existiu por muito tempo. Pois suponha que você pensou que uma pessoa que navegou muito e foi pega por uma tempestade assim que ele deixou o porto e, depois de ser carregado nesta e naquela direção, foi conduzido em círculos no mesmo curso por alternância dos ventos furiosos de diferentes quadrantes: ele não fez uma longa viagem, mas ele foi jogado por muito tempo.

VIII

1

Sempre me surpreendo quando vejo pessoas solicitando o tempo dos outros, e aqueles a quem se pede mostrarem-se muito complacentes; ambos os lados se concentram no objeto da solicitação, e nenhum lado no próprio tempo; pede-se como se nada fosse concedido. As pessoas brincam com a mais preciosa mercadoria; e escapa à sua atenção porque é uma coisa que não aparece aos olhos, e por isso tem um valor muito baixo — ou melhor, praticamente não tem valor algum.

2

Os homens recebem gratificações e aluguéis com muito prazer e concentram neles seus esforços e cuidados, mas ninguém dá valor ao tempo; todos o usam mais do que generosamente, como se não custasse nada. Porém, quando doentes, se estão próximos do perigo de morte, prostram-se aos joelhos dos médicos; ou, se temem a pena capital, estão prontos a gastar todos os seus bens para viver. Tão grande é o conflito em seus sentimentos!

3

Mas se cada um de nós pudesse ver o número de anos diante de nós tão precisamente quanto os anos que se passaram, quão alarmados seriam aqueles que viram apenas alguns anos restantes, e com que cuidado eles os usariam! Pois, se é fácil administrar o que, embora curto, é certo, deve-se conservar com muito cuidado o que não se pode saber quando há de acabar.

4

No entanto, não há razão para acreditar que essas pessoas não saibam o quão precioso tempo é como mercadoria. Costumam dizer aos que amam intensamente que estão dispostos a lhes dar parte de seus dias. E realmente dão, sem se aperceberem disto, mas dão de forma a subtraírem vários anos a si, sem aumentar os daqueles. Mas ignoram o fato mesmo de estarem perdendo seus anos, por isso lhes é tolerável a perda de um bem passa despercebido.

5

Ninguém devolverá seus anos, ninguém o restaurará ao que era antes. Uma vez principiada, a vida segue seu curso, não se elevará e não te avisará de sua velocidade. Transcorrerá silenciosamente, não se prolongará por ordem de um rei, nem pelo apoio do povo. Correrá tal como foi impulsionada no primeiro dia, nunca desviará seu curso, nem o retardará. E o resultado? Você esteve ocupado enquanto a vida se apressa; a morte paira o tempo todo, e goste ou não, você tem que acomodá-lo.

"Ninguém devolverá seus anos, ninguém o restaurará ao que era antes. Uma vez principiada, a vida segue seu curso, não se elevará e não te avisará de sua velocidade."

— **Sêneca**

IX

1

Pode haver algo mais tolo do que a visão daquelas pessoas que se gabam de sua previsão? Eles estão muito ocupados com esforços para viver melhor: armazenam a vida, gastando-a! Fazem seus planos a longo prazo; no entanto adiar é do maior prejuízo para a vida: arrebata-nos cada dia que se oferece a nós, rouba-nos o presente ao prometer o futuro. O maior impedimento para viver é a expectativa, que depende do amanhã e faz perder o momento presente. Você mapeia o que está nas mãos da sorte, mas deixa deslizar o que está em sua própria mão. Qual é o seu objetivo? Tudo o que está por vir está na incerteza: viva agora!

2

Ouça o grito do maior dos poetas, que canta sua canção salutar como se inspirado com declaração divina: "Os melhores dias da vida dos tristes mortais são os primeiros a fugir[6]." "Por que hesitar?" — diz ele — "por que ficar sem nada fazer? Se não ocupar o dia, ele fugirá" E mesmo se o tiver ocupado, ainda escapará; e assim você deve competir com a rapidez do tempo usando de velocidade, tal como se deve beber depressa de uma corrente veloz e que não fluirá para sempre.

3

O poeta emprega magnificamente as palavras para censurar a procrastinação interminável, pois diz "o melhor dia", e não "a melhor idade". Como é que você, seguro e demorado em meio a uma tão grande fuga de tempo, dispõe para você os meses e os anos, numa longa série, com o que parece adequado? O poeta está falando com você sobre o dia — sobre isso mesmo dia que está se esvaindo.

6 Retirado da obra de Virgílio — *As Geórgicas*.

4

Portanto, pode haver alguma dúvida de que cada melhor dia é sempre o primeiro a fugir para os miseráveis mortais — isto é, o ocupado? A velhice pega suas mentes ainda infantis desprevenidas, e eles o encontram despreparados e desarmados; pois eles não fizeram nenhuma provisão para isso.

5

Tal como uma conversa, uma leitura ou alguma reflexão mais séria distrai os viajantes, que se veem chegados ao destino sem notar que dele se aproximavam, assim esta contínua e tão rápida caminhada da vida, que dormindo ou acordados fazemos no mesmo passo, aos ocupados não aparece senão no fim.

X

1

Se eu quisesse dividir minha tese em categorias, cada uma com suas provas, eu poderia apresentar muitos argumentos para demonstrar que a vida dos ocupados é muito curta. Costumava dizer Fabianus[7], que não era um desses filósofos acadêmicos, mas um dos verdadeiros e antigos: "contra as paixões deve-se lutar com arrojo, não com sutilezas; e deve-se romper a linha de batalha com um grande assalto, não com tímidas tentativas."

Não aprovava sofismas: "pois os vícios são para ser esmagados, não apenas beliscados.". No entanto, para os ocupados serem censurados por sua falha distintiva, eles devem ser ensinados, não simplesmente dados como perdidos.

7 Papirius Fabianus foi um retórico e filósofo romano na primeira metade do século I d.C.

2

A vida divide-se em três períodos: o que foi, o que é, e o que há de ser. Destes, o que vivemos é breve; o que havemos de viver, duvidoso; o que já vivemos, certo. Pois, sobre este último, a fortuna não tem mais controle; e que não pode ser trazido de volta. As pessoas preocupadas perdem essa parte; pois elas não têm tempo para olhar para o passado, e mesmo que o tivessem, não há prazer em relembrar coisas lamentáveis.

3

E então eles não estão dispostos a mudar suas mentes voltando ao tempo mal aproveitado, e não ousam revisitar o passado porque seus vícios tornam-se óbvios em retrospecto — mesmo aqueles que insinuam se alimentaram pela sedução do prazer momentâneo. Ninguém alegremente lança seus pensamentos de volta ao passado, exceto para a pessoa cujo toda ação foi submetida à sua própria autoavaliação, que é infalível.

4

Aquele que ambiciosamente muitas coisas cobiçou, arrogantemente desprezou, insolentemente venceu, traiçoeiramente enganou, desonestamente roubou e prodigamente dissipou seus bens, inevitavelmente terá medo de sua própria memória. No entanto, esta parte da nossa vida inviolável e já consagrada, elevados acima de todas as vicissitudes humanas e removidos além influência da fortuna, e atormentado por nenhuma pobreza, nenhum medo, nenhum assédio das doenças. Não se pode perturbá-la ou roubá-la de seu possessor, pois sua posse é eterna e imperturbável. Os dias apresentam-se a nós um a um e momento por momento, entretanto todos os dias do passado se apresentarão a nós quando ordenarmos, e consentirão em ser apropriados e examinados à vontade — coisa que os ocupados não têm tempo de fazer.

5

É preciso um ambiente tranquilo e imperturbável para uma mente vagar livremente por todas as épocas da vida; mas mentes preocupadas, como se estivesse sob o jugo, não pode se virar e olhar para trás. Portanto sua vida se precipita num abismo; e, tal como não é de nenhum proveito procurar encher um recipiente, por mais que nele se coloque líquido, se não há fundo que o sustenha[8], assim também não importa quanto tempo você tem à disposição: se não tem como retê-lo, ele vazará como de almas rachadas e furadas.

6

O tempo presente é muito breve — de fato, tão breve que para algumas pessoas parece ser inexistente; flui e precipita-se; deixa de ser antes de vir a ser; é tão incapaz de deter-se, quanto o mundo ou as estrelas, cujo infatigável movimento não lhes permite permanecer no mesmo lugar. Então os ocupados se preocupam apenas com o presente, e é tão fugaz que não pode ser apreendido, e mesmo essa pequena quantia é roubada deles porque eles são puxados em muitas direções diferentes.

8 Uma provável alusão ao destino das Danaides, punidas no submundo por matar seus maridos, foram condenadas a um trabalho interminável: deviam encher de água um grande tonel de barro sem fundo.

XI

1

Você quer saber quão pouco vivem os ocupados? Veja como eles estão ansiosos para viver uma vida longa. Velhos debilitados mendigam em suas orações um acréscimo de uns poucos anos; procuram parecer menos idosos e lisonjeiam-se com mentiras e encontram tanto prazer em enganar a si próprios, que é como se enganassem o destino. Mas, quando uma doença qualquer os lembra de que são mortais, morrem tomados de pavor, não como se deixassem a vida, mas como se ela lhes fosse arrancada. Ficam lamentando que foram tolos em não viver e que, se por acaso escaparem da doença, haverão de viver no ócio; então, tomam consciência de quão inútil foi adquirir o que não desfrutaram, e quão infrutífero foi todo o seu trabalho.

2

Mas para aquele cuja vida esteve livre de ocupações, por que não haveria ela de ser longa? Dela nada foi transferido a um outro, nada foi atirado a um e outro lado, nada foi confiado à fortuna, nada desperdiçado livremente, nada foi esbanjado com prodigalidade, nada ficou sem ser empregado: toda ela, por assim dizer, teve proveito. E, por essa razão, por mais curta que a vida seja, ela é mais que suficiente; e quando lhe vier o último dia, o sábio não hesitará em caminhar para a morte com passo firme.

XII

1

Talvez você me pergunte a quem eu chamo de "ocupados". Não pense que entendo serem ocupados apenas aqueles contra os quais se mandam os cães para expulsá-los da basílica, ou os que vemos sobressair, seja orgulhosamente em meio à multidão de seus clientes, seja desdenhosamente na multidão de outra pessoa, ou aqueles cujos compromissos obrigam a abandonar seus lares para ir bater à porta do outro ou aqueles a quem a lança do mantém ocupada para ganho de má reputação que um dia está fadado a apodrecer.

2

O ócio de alguns é ocupado: quer em sua vila ou em seu leito, quer em meio à solidão, mesmo quando estão afastados de todos, eles próprios são fonte de suas preocupações; não devemos chamar isso de lazer ou diversão, mas de preocupação ociosa. Por acaso você chama de ocioso o que coleciona, com atenção meticulosa, os bronzes coríntios, preciosos devido à mania de uns poucos, e consome a maior parte de seus dias em meio a ferrugentos pedaços de metal? E o que se senta em um ringue de luta (que vergonha! Os vícios dos quais somos vítimas nem mesmo são romanos), observando atentamente os garotos brigando? Quem mantém um estábulo dos atletas mais frescos?

3

Você chama de ociosos os que passam muitas horas no barbeiro, aparando o que cresceu na noite anterior, discutindo a respeito de cada fio de cabelo, colocando em ordem as mechas desgrenhadas, ou ajeitando sobre a testa as que estão falhas aqui e ali Eles ficam com raiva se o barbeiro foi um pouco descuidado, como se ele estivesse cortando o cabelo de um homem de verdade! Como se encolerizam, se algo de sua cabeleira foi cortado, se algo está fora de ordem, se tudo não cai em seus devidos cachos! Qual dessas pessoas não prefeririam ver seu país em desordem do que o cabelo deles? Quem não se preocupa mais com a elegância de sua cabeça do que com sua saúde? Qual não prefere ser bem penteado a ser honesto? Você chama de ociosos os que se preocupam com pentes e espelhos?

"O ócio de alguns é ocupado: quer em sua vila ou em seu leito, quer em meio à solidão, mesmo quando estão afastados de todos, eles próprios são fonte de suas preocupações."

— **Sêneca**

4

E quanto àqueles que estão absortos compondo, ouvindo e aprendendo canções, e atormentam a voz, cuja reta entoação a natureza fez muito simples e a melhor, com inflexões de desajeitadas modulações? Seus dedos estão sempre estalando no tempo de alguma música que eles carregam em sua cabeça, e quando eles são solicitados a atender a assuntos sérios e muitas vezes até dolorosos, você pode ouvi-los cantarolando baixinho uma música.

5

E Deus sabe! Não posso contar com horas de ócio, pois vejo com que ansiedade eles arrumam suas baixelas de prata, com que cuidado recolhem as túnicas de seus meninos bonitos à mesa, quão ansiosos ficam por saber como o javali sai das mãos do cozinheiro, ou com que velocidade os escravos jovens, a um dado sinal, correm às suas obrigações, com quanta perícia as aves são cortadas em porções cuidadosamente moldadas, e com que atenção miseráveis meninos escravos enxugam a saliva dos bêbados. É por estes meios que adquirem a fama de serem elegantes e faustosos, e seus males perseguem-nos até mesmo nos menores detalhes da vida, de modo que eles não podem comer nem beber sem ostentação.

6

Eu não contaria entre os ociosos aqueles que se fazem transportar para cá e para lá em carruagens ou liteiras, e observam pontualmente a hora de seus passeios, como se fossem proibidos perdê-los; nem os que se fazem lembrar por outro quando devem banhar-se, nadar ou comer: seus espíritos extraordinariamente débeis estão tão enfraquecidos pela lassidão, que eles nem mesmo podem decidir por si sós se têm fome!

7

Já ouvi um desses mimados — se mimado é a palavra certa para desaprender a vida e a prática humana normal —, ao ser retirado do banho e colocado numa cadeira, perguntar: "Ainda estou sentado?" Você acredita que este, que ignora até se está sentado, sabe se vive, se vê, se é ocioso? É difícil para mim dizer se tenho pena dele ou se ele realmente não sabia tanto ou fingia não saber.

8

Eles são alheios a muitas coisas, mas também afetam o esquecimento de muitas. Eles acham certos vícios agradáveis como evidência de sua prosperidade. Saber o que está fazendo parece ser a marca de um homem humilde e desprezível. Que loucura pensar que os mímicos[9] fingem muitos detalhes para atacar o luxo! Verdade seja dita, eles passam mais do que fabricam, e tamanha riqueza de vícios inacreditáveis surgiu em uma época que aplicou seus talentos férteis nesta direção que agora podemos acusar os mímicos de ignorar eles. Imaginar que existe alguém tão arruinado por mimos que ele aceita a palavra de outra pessoa se está sentado!

9 Aquele que representa mímica — representação teatral da Antiguidade greco-romana, onde se representavam costumes da época, geralmente com gestos.

9

Então aqui não é uma pessoa ociosa; você deve aplicar um termo diferente a ela. É doente ou quase morto; a pessoa verdadeiramente ociosa é aquela que está também consciente de seu próprio ócio. Mas uma pessoa que precisa de um guia para torná-la consciente de suas próprias posições corporais é apenas semiviva; como ela pode estar no controle de qualquer parte do seu tempo?

XIII

1

Seria prolongar muito citar todos os exemplos daqueles que desperdiçaram suas vidas em jogos de xadrez, bola, ou queimando-se ao sol. Não gozam de ócio aqueles cujos prazeres trazem muitas ocupações. Pois ninguém duvidará que aqueles que dedicam seu tempo a literatura inútil — Roma tem um número significativo de tais pessoas — estão ocupadas em não fazer nada.

2

Era um vício dos gregos investigar quantos remadores teve Ulisses, se a Ilíada ou a Odisseia foi escrita primeiro e, além disso, se eram de um mesmo autor, e outros conhecimentos dessa espécie, que se você os guardar para si mesmo, não faz nada para mostrar seu conhecimento; e se você os divulgar, você está feito parecer não mais erudito, mas irritante.

3

E eis que o entusiasmo vazio de aprender inutilidades apossou-se também dos romanos. Há alguns dias ouvi certa pessoa relatando qual foi o primeiro dos generais a fazer tais e tais coisas; que Duílio[10] foi o primeiro a vencer numa batalha naval, que Cúrio Dentato[11] foi o primeiro a conduzir elefantes no seu cortejo triunfal. Mas esses assuntos, ainda que não conduzam à verdadeira glória, são exemplos de feitos cívicos; tal ciência não acarreta benefício algum, embora nos prenda a atenção pela futilidade dos feitos.

10 Foi um político da gente Duília da República Romana. É um dos grandes heróis romanos da Primeira Guerra Púnica. Foi nomeado ditador em 231 a.C.

11 Mânio Cúrio Dentato foi um político da gente Cúria da República Romana, eleito cônsul por três vezes, em 290, 275 e 274 a.C.

4

Também podemos dispensar os investigadores que perguntam quem primeiro persuadiu os romanos a mobilizar uma força naval. Foi Cláudio[12], e por este mesmo motivo cognominado "Caudex", porque entre os antigos a reunião de várias tábuas chamava-se "caudex"; daí o nome de "codices" às tábuas da lei, e, ainda hoje, as naves que carregam provisões pelo Tibre são chamadas, segundo a maneira antiga, de "codicariae".

5

Sem dúvida, isto pode ser de alguma relevância: que Valério Corvino[13] foi o primeiro a subjugar Messina e, tendo tomado para si o nome da cidade conquistada, foi o primeiro da família dos Valérios a denominar-se Messana; e que, tendo sido trocadas as letras por uma gradual corruptela da linguagem popular, chamou-se Messala.

---

12 Foi um político da gente Cláudia da República Romana eleito cônsul em 264 a.C.

13 Foi um general romano, autor e patrono da literatura e da arte.

6

Mas você também permitirá a alguém ocupar-se também disto: que Lúcio Sulla[14] foi o primeiro a apresentar os leões soltos no Circo, enquanto que anteriormente eram exibidos acorrentados, e que foram enviados arqueiros pelo rei Boco[15] para extermina-los? Tudo bem! Façamos também essa concessão. Mas acaso há um mínimo de valor em saber que Pompeu foi o primeiro a proporcionar um combate no Circo com dezoito elefantes, com não-criminosos dispostos contra eles em batalha simulada? Um líder do estado e um homem de bondade constante, como diz sua reputação; entre os líderes de antigamente, ele achava uma forma memorável de espetáculo destruir seres humanos de uma forma inédita. "Eles lutam até a morte? Isso não é suficiente. Eles estão despedaçados? Não é suficiente: deixe-os ser totalmente esmagados por animais de grande volume!"

---

14 Foi um militar e estadista da gente Cornélia da República Romana, eleito cônsul por duas vezes, em 88 e 80 a.C. Foi também eleito ditador em 82 a.C., o primeiro desde o final do século III a.C.

15 Rei da Mauritânia, que foi persuadido por Sila a trair Jugurta, seu genro, aos romanos; ele permaneceu em termos cordiais com Sila depois o fim da Guerra Jugurtina.

7

Seria suficiente que esses assuntos fossem esquecidos, para que posteriormente um prepotente qualquer não aprendesse e invejasse uma ação tão desumana. Quantas trevas uma grande fortuna causa às nossas mentes! Ele pensou que estava acima das leis da natureza quando ele estava jogando tantas hordas de humanos miseráveis a bestas nascidas sob um céu diferente, quando proporcionou um combate entre animais tão desiguais, quando fez verter tanto sangue diante dos olhos do povo romano — ele, que em breve seria forçado a verter mais ainda. Mas, logo em seguida, o mesmo Pompeu, traído pela deslealdade alexandrina, entregou-se ao último dos escravos para ser executado[16]; só então compreendeu a ostentação vazia que era seu próprio sobrenome[17].

---

16 Após a derrota em Farsália em 48 a.C., Pompeu buscou proteção contra Ptolomeu XIII do Egito, seu possível protegido; mas ao desembarcar em Alexandria ele foi assassinado pelo escravo de Ptolomeu.

17 Magno era o seu sobrenome.

"Quantas trevas uma grande fortuna causa às nossas mentes!"

— Sêneca

8

Mas, vamos voltar ao ponto de onde me divergi, e demonstrar a futilidade das dores que algumas pessoas têm nestes mesmas questões: aquele mesmo erudito contava que Metelo[18], tendo vencido os cartagineses na Sicília, foi o único de todos os romanos a conduzir em seu triunfo cento e vinte elefantes diante do carro, e que Sulla[19] foi o último dos romanos a aumentar o "pomerium"[20], coisa que, segundo os costumes antigos, só se fazia após a conquista de territórios italianos, e nunca provinciais. Há alguma utilidade maior em saber que o monte Aventino, como assegurava aquele, situa-se para além do "pomerium" por uma dessas duas razões: ou porque a plebe tenha-se afastado daí, ou porque, quando Remo tomava os auspícios, o voo das aves não foi favorável — e ainda outros inumeráveis conhecimentos, que, ou estão cheios de mentiras, ou são desta natureza?

---

18 Foi um político da gente Cecília Metela da República Romana eleito cônsul em 52 a.C. com Pompeu. Durante a guerra civil entre Júlio César e a facção senatorial liderada por Pompeu Magno, permaneceu sempre um aliado deste.

19 Foi um militar e estadista da gente Cornélia da República Romana, eleito cônsul por duas vezes, em 88 e 80 a.C. Foi também eleito ditador em 82 a.C., o primeiro desde o final do século III a.C.

20 Pomerium, na Roma Antiga, era uma designação para a fronteira simbólica da cidade de Roma.

9

Pois mesmo que se admita que eles contam essas coisas todas de boa fé e que se responsabilizam pelo que foi escrito, contudo esses conhecimentos servirão para minorar os erros de alguém? Refrearão as paixões de alguém? Farão alguém mais generoso, mais corajoso, mais justo? Às vezes meu amigo Fabiano dizia duvidar se era melhor não empreender estudo algum do que se envolver com os deste gênero.

XIV

1

Dentre todos os homens, somente são ociosos os que estão disponíveis para a filosofia; eles são os únicos a viver, pois, não apenas administram bem sua vida, mas acrescentam-lhe toda a eternidade. Todos os anos que se passaram antes deles são somados aos seus. A menos que provamos ser os mais ingratos, aqueles ilustres fundadores das sublimes filosofias nasceram para nós, e eles nos preparam o caminho para a vida. Graças aos seus esforços, conduzem-nos das trevas à luz, aos mais belos conhecimentos. Não nos é vedado o acesso a nenhum século, somos admitidos a todos; e se desejamos, pela grandeza da alma, ultrapassar os estreitos limites da fraqueza humana, há um vasto espaço de tempo a percorrer.

2

Poderemos debater com Sócrates, duvidar com Carnéades[21], encontrar a paz com Epicuro, vencer a natureza humana com a ajuda dos estoicos, ultrapassá-la com os cínicos. Já que a natureza nos permite entrar em comunhão com toda a eternidade, por que não nos desviarmos dessa estreita e curta passagem do tempo e nos entregarmos com todo nosso espírito àquilo que é ilimitado, eterno e partilhado com os melhores?

3

Quanto àqueles que correm para realizar seus deveres sociais, agitando a si mesmos e aos outros, bem conscientes de suas tolices, após terem percorrido diariamente as soleiras de todos e não ter deixado de entrar em nenhuma porta aberta, após terem levado sua interesseira saudação à volta das mais remotas casas, quão pouco não terão eles visto em uma cidade tão vasta e tão fragmentada por variadas paixões!

21 Conhecido como o platônico, foi um filósofo grego nascido em Cirene no ano de 214 a.C. Suas ideias filosóficas iam contra vários antigos preceitos. Foi um crítico do estoicismo, criando as bases do ceticismo.

4

Quantos haverá cujo sono, dissolução ou grosseria não os afastará? Quantos, após os terem torturado com uma longa espera, não passarão por eles negando estarem apressados? Quantos evitarão sair por uma sala de recepção lotada de clientes e fugirão por uma porta escondida, como se não seria ainda mais grosseiro enganá-los do que recusar-lhes a admissão! Quantos, ainda meio adormecidos e pesados devido à embriaguez da noite anterior, responderão, àqueles pobres coitados que interromperam seu sono para esperar o despertar de um outro, com o bocejo arrogante, por lábios que mal se movem!

5

Podemos afirmar que se dedicam a verdadeiros deveres moralmente louváveis, somente aqueles que desejam estar na intimidade de Zenão, Pitágoras, Demócrito, Aristóteles, Teofrasto e os demais mestres de virtude. Nenhum deles deixará de estar à nossa disposição, nenhum dispensará aquele que o procurar, sem que o faça mais feliz e mais devotado a ele, nenhum permitirá a quem quer que seja partir de mãos vazias; e eles podem ser encontrados por qualquer homem, tanto durante o dia como à noite.

XV

1

Nenhum desses filósofos forçará sua morte, todos te ensinarão a morrer, nenhum dissipará seus anos, mas te oferecerá os seus. Conversas com os filósofos nunca lhe trarão perigo, a amizade de ninguém porá em perigo a sua vida, o cortejo de ninguém irá onerar você. Conseguirá deles tudo o que quiser, não será deles a culpa se você não conseguir absorver o máximo.

2

Que felicidade, que bela velhice está reservada para o que se dispôs a ser seu cliente! Ele terá com quem discutir sobre as menores, bem como sobre as maiores, questões, a quem consultar diariamente sobre si mesmo, de quem ouvir a verdade sem ofensa e ser louvado sem adulação, a cuja semelhança se possa moldar.

3

Há um ditado comum que diz que não estava em nosso poder escolher os pais que nos foram atribuídos, e que eles nos foram dados ao acaso; contudo é nos permitido escolher a família na qual deseja ser adotado. Existem famílias dos mais nobres espíritos: escolha qual delas você quer pertencer, e receberá não apenas seu nome, mas também seus próprios bens, que não deve ser acumulada de forma mesquinha, pois, quanto mais forem partilhados pelos homens, maiores se tornarão.

4

Estes abrirão para você o caminho à eternidade, te elevarão àquelas alturas de onde ninguém se precipita. Esta é a única maneira de prolongar a existência mortal e, até mais, de convertê-la em imortalidade. As dignidades, os monumentos, tudo o que a ambição impôs por decretos, ou construiu com o suor, depressa há de cair em ruínas: não há nada que a longa passagem dos anos não destrua ou desordene. Mas ela não pode tocar nos conhecimentos que a sabedoria consagrou, nenhuma idade os destruirá ou diminuirá, a seguinte e as sucessivas sempre hão de aumentá-los ainda mais: pois a inveja tem olhos apenas para o que está próximo de si, e admiramos com menos malícia o que está distante.

5

Portanto, a vida do sábio é ampla e ele não está restrito pelo mesmo limite que confina os outros. É o único a não depender das leis do gênero humano: todos os séculos servem-no como a um deus. Algo se distancia no passado? Ele recupera-o com a memória. Está no presente? Ele o desfruta. Há de vir no futuro? Ele o antecipa. A combinação de todos os tempos em um torna sua vida longa.

XVI

1

É extremamente breve e agitada a vida dos que esquecem o passado, negligenciam o presente e temem o futuro; quando chegam ao fim, os pobres coitados percebem tarde demais, que eles estavam ocupados há tanto tempo sem fazer nada.

2

E, pelo fato de fazerem frequentes apelos à morte, não há por que pensar que fica provado que eles tenham usufruído duma longa existência. Sua cegueira os atormenta com emoções incertas e que os faz incidir nas próprias coisas que temem: eles costumam rezar para a morte precisamente porque a temem.

3

E não há razão para encontrar evidências de que eles vivem muito no fato de que o dia muitas vezes parece muito tempo para eles, ou que eles reclamam que as horas passam devagar até chegar a hora marcada para o jantar; pois, se porventura as ocupações os abandonam, sentem-se desertados e inquietam-se mesmo no lazer, nem sabem como dispor dele ou matá-lo. Portanto anseiam por uma ocupação qualquer, e todo intervalo de tempo entre duas ocupações lhes é um fardo. E então eles passam para alguma outra preocupação, é o que acontece quando se fixa a data dos combates de gladiadores, e eles querem pular os dias intermediários. Qualquer adiamento é penoso, mas aquele instante que lhes é grato corre breve e rápido e torna-se muito mais breve por sua própria culpa, pois passam de um prazer a outro e não podem permanecer fixos num só desejo. Seus dias não são longos, mas detestáveis, e, por outro lado, quão curtas não lhes parecem as noites que passam nos braços das prostitutas ou bebendo!

4

Daí a louca inspiração de poetas que alimentam a fragilidade do homem por suas histórias e imaginam que Júpiter realmente dobrou a duração da noite quando seduzido pelo prazer sexual. Que outra coisa é, senão inflamar nossos vícios, quando os imputamos aos deuses e se concede a deferência da divindade a um exemplo de fraqueza? Podem estes não achar muito curtas as noites pelas quais pagam tão caro? Eles perdem o dia esperando a noite, a noite com medo da madrugada.

XVII

1

Os próprios prazercs de tais pessoas são ansiosos e perturbados por vários tipos de alarme, o pensamento agitado se aproxima furtivamente deles: "até quando, tudo isto?" É esse sentimento que tem feito reis chorarem por seu próprio poder, pela grandeza de sua fortuna não lhes era grata, mas aterrorizaram-se com o fim que um dia lhes adviria.

2

O mais insolente dos reis da Pérsia, ao ver seus exércitos espalhados por vastos espaços de terra, de modo que nem podia abarcar seu número, mas apenas a extensão, desfez-se em lágrimas porque, dizia, em cem anos nenhum dentre tão grande número de jovens haveria de estar vivo. No entanto, o próprio homem que chorou estava destinado a trazer seu destino sobre eles, perder algumas tropas no mar, outras em terra, alguns em batalha, outros em fuga, e assim destruir em um tempo muito curto tempo todos aqueles por cujo centésimo ano ele temia.

3

E o que dizer o fato de que mesmo as alegrias de tais pessoas são dominadas pela ansiedade? É que não brotam de causas sólidas; pelo contrário, o próprio vazio de onde nascem perturba-as. E o você acha serem aqueles momentos (miseráveis, segundo sua própria confissão), já que os próprios motivos pelos quais são exaltados e se colocam acima dos homens são muito impuros?

4

Todos os maiores bens causam ansiedade, e as maiores fortunas são as menos dignas de crédito; para alimentar a felicidade, é necessária uma outra felicidade, e outras orações devem ser oferecidas em vez daquelas que já se transformaram em bem. Pois tudo o que nos sucede por obra do acaso é instável, e quanto mais alto nos elevamos, tanto mais estamos sujeitos a cair. É claro que o que está condenado a cair não agrada a ninguém. Portanto é necessariamente a mais miserável e não apenas a mais breve, a vida dos que obtêm com grande esforço algo que conservam com um esforço ainda maior.

"Pois tudo o que
nos sucede por obra
do acaso é instável,
e quanto mais
alto nos elevamos,
tanto mais estamos
sujeitos a cair."

— **Sêneca**

5

Eles obtêm com grande esforço o que desejam e anseiam apegam-se conscientemente ao que obtiveram; entretanto não têm consciência de que o tempo nunca mais há de voltar. Novas ocupações seguem-se às antigas; a esperança suscita esperança; a ambição, ambição. Não procuram um fim às misérias, mas mudam seu assunto. Fomos atormentados por nosso próprio cargo público? Os dos outros nos tomarão mais tempo. Desistimos do vexame de ser candidatos? Começamos novamente como partidários. Renunciamos ao estorvo de acusar? Apresenta-se-nos o de julgar. Deixa de ser juiz? É feito pretor. Envelheceu como administrador de propriedades alheias? Ele se diverte cuidando de sua própria riqueza.

6

Mário[22] terminou com o serviço militar, e o consulado o manteve ocupado. Cincinato[23] apressa-se para escapar do cargo ditatorial? Será novamente chamado do arado. Cipião[24] ainda muito jovem para uma tarefa de tal envergadura, combaterá os cartagineses; vencedor de Aníbal, vencedor de Antíoco[25], orgulho de seu consulado e garantia do de seu irmão, seria colocado ao lado de Júpiter, não fosse sua intervenção pessoal. As guerras civis perseguirão este salvador da pátria e, tendo sido na juventude honrado como um deus, já velho deleitar-se-á

---

22 Caio Mário venceu a eleição para o consulado em 107 a.C. Depois da Jugurta derrota, ele foi eleito novamente em 104, e mais quatro vezes até 100, e depois novamente em 86. O impacto total da alusão aqui reside não apenas na rápida transição de soldado para estadista, mas implicitamente também no número absoluto de seus consulados.

23 Segundo a tradição L. Quintius Cincinnatus, Cincinato, foi nomeado ditador em 458 a.C, e novamente em 439. A lenda de que ele foi chamado do arado é geralmente associada à sua primeira ditadura.

24 P. Cornelius Scipio Africanus, o Cipião Africano, foi nomeado ao comando contra Cartago na Segunda Guerra Púnica. Ressentimento em seus sucessos pode ter alimentado as acusações de desonestidade financeira levantadas nos chamados julgamentos dos Cipiões; amargurado, retirou-se para Liternum na costa da Campânia.

25 Antíoco IV Epifânio foi o rei helenístico da dinastia selêucida que governou a Síria entre 175 a.C. e 164 a.C.

apenas com o desejo de um altivo exílio. Nunca faltarão motivos para a ansiedade, quer na prosperidade, quer na miséria: a vida será dilacerada entre as ocupações; o ócio sempre desejado, nunca obtido.

XVIII

1

E assim, meu caro Paulino, retire-se da multidão e, sacudido pela tempestade mais do que seus anos merecem, retire-se finalmente para um refúgio mais pacífico. Pensa quantas vagas já te acometeram, quantas tempestades, de uma parte, já suportou na vida particular. Seu valor já foi suficientemente testado, em fatigantes e atormentadas provas, o seu valor: tenta ver o que pode realizar no ócio. A maior parte de sua vida, e certamente a melhor parte, foi dada ao Estado: tire um pouco do seu tempo para você também.

2

Não te convoco a um retiro indolente e inativo, nem a afogar todo o seu vigoroso caráter no sono ou nos prazeres caros à multidão: Isso não é para encontrar a paz. Encontrará tarefas maiores que todas as que cumpriu devotadamente até aqui, as quais executará no retiro e livre de preocupações.

3

Você administra as receitas do mundo tão desinteressadamente como as alheias, tão diligentemente como as suas, tão escrupulosamente como as do Estado. Conquista a estima num cargo onde é difícil evitar o rancor, contudo, acredite-me, é mais proveitoso fazer a conta de seus anos do que as do trigo do Estado.

4

Este seu vigor, capaz das maiores coisas, desvia-o de um cargo, com certeza honroso, mas pouco adequado para uma vida feliz; lembre-se que você não foi qualificado para lidar com grandes desafios. Não faltarão homens de sobriedade comprovada e atividade laboriosa. Bois arrastados são mais adequados para carregar fardos do que cavalos de raça, e quem jamais nega a agilidade deles com cargas pesadas?

5

Considere, além disso, como é estressante sujeitar-se a pesada responsabilidade; você tem que lidar com o estômago humano, e um povo faminto não se submete à razão nem se acalma com a justiça. Muito recentemente, naqueles poucos dias após a morte de César, diz-se que ele se indignou (se há ainda algum sentimento nos infernos), porque sabia que o povo romano lhe sobrevivia e ainda lhes restavam provisões para sete ou oito dias! E, enquanto ele estava construindo pontes de navios e divertia-se com as forças do Império, estava às nossas portas o pior dos males, até mesmo para os sitiados: a falta de alimentos. Sua imitação de um louco rei estrangeiro de arrogância malfadada, quase custou à cidade a miséria e a fome, e o que se segue à fome, a ruína de tudo.

6

E então qual não era o estado de espírito daqueles a quem eram confiados os cuidados com o trigo público, e que tinham de enfrentar pedra, ferro, fogo e o próprio Calígula? Com a maior dissimulação, uma doença tão grande à espreita nos órgãos mais íntimos do Estado — e digo que o faziam com razão! Pois algumas doenças devem ser curadas sem que os pacientes as conheçam: a muitos, o conhecimento de sua doença foi a causa da morte.

XIX

1

Retire-se para atividades mais calmas, seguras e mais importantes! Você acredita serem o mesmo estas duas coisas: cuidar que o trigo seja transportado ao celeiro, intacto e a salvo da fraude ou desonestidade dos carregadores, que não se estrague pela fermentação, que esteja bem seco, que seu peso e medida confiram, e elevar-se às coisas sagradas e sublimes para conhecer qual é a substância de deus, seu prazer, sua condição, sua forma, que destino aguarda sua alma, que lugar a natureza nos destina após nos separarmos do corpo, qual a razão por que ela mantém os corpos mais pesados no centro do universo, suspende os altos às regiões altas, carrega o fogo para a parte mais alta, impele as estrelas às suas trajetórias e ainda outras coisas cheias de grandes maravilhas?

2

Abandona o nível do solo e volta a esses estudos! Agora, o entusiasmo ainda está fresco, aqueles com um interesse ativo devem progredir para coisas melhores. Neste modo de vida muitas coisas esperam por você: o amor e a prática das virtudes, o esquecimento das paixões, conhecimento de como viver e morrer, e profundo repouso.

3

A condição de todas as pessoas ocupadas é miserável, contudo a mais miserável é a daquelas que nem se molestam com suas próprias ocupações, que regulam seu sono pelo alheio, que caminham no ritmo de outra pessoa e que estão sob ordens, mesmo nas mais livres das coisas: amar e odiar. Estes, se quiserem saber quão breve é a vida devem refletir sobre quão pequena parte disso é deles.

"Então, quando você encontrar um homem vestindo o manto de ofício, ou um nome conhecido em público, não o inveje: essas coisas são compradas pelo preço de uma vida."

— **Sêneca**

XX

1

Então, quando você encontrar um homem vestindo o manto de ofício, ou um nome conhecido em público, não o inveje: essas coisas são compradas pelo preço de uma vida. Para ter uma ano contado pelo seu nome, eles vão desperdiçar todos os seus próprios anos. A vida abandona alguns entre as primeiras lutas, antes da árdua subida ao pico de sua ambição; a outros, após terem galgado o cume das honras através de mil desonestidades, sobrevém o triste pensamento: "ter trabalhado tanto apenas por uma inscrição na sepultura!" Enquanto estavam dispostos para novas esperanças como na mocidade, alguns na extrema velhice, sucumbem à fraqueza em meio à grandes e imoderados esforços.

2

Vergonha daquele que, já idoso e querendo obter aplausos de um público ignorante, está implorando por ocupação e destaque; vergonhoso é aquele que, exausto mais pelo seu modo de vida do que por seu trabalho, sucumbe em meio aos seus próprios deveres, e um final vergonhoso é quando um homem morre no ato de revisar suas contas e arranca um sorriso do herdeiro que há muito espera.

3

Não posso deixar passar um exemplo que me ocorre: Gaius Turranius foi um cavaleiro de comprovada diligência, que, depois de completar noventa anos, como fosse dispensado de seu cargo por César sem que tenha solicitado, ordenou que o colocassem em seu leito e que a família, que se reuniu em torno dele como se estivesse morto, o pranteasse. A casa lamentava o ócio de seu velho senhor, e a tristeza não terminou antes que o cargo lhe fosse restituído. É realmente um prazer morrer preocupado?

4

No entanto, muitos têm essa mesma atitude, e seu desejo de trabalho dura mais do que sua capacidade para isso. Eles lutam contra seu corpo enfermo e a própria velhice, por nenhuma outra razão senão porque ela os põe de lado. A lei não mobiliza um soldado nos seus cinquenta anos, nem convoca um senador nos sessenta; os homens obtêm com mais dificuldade folga de si mesmos do que da lei.

5

Todo o tempo enquanto eles saqueiam e são saqueados, enquanto um arrebata o repouso de outro, enquanto tornam-se mutuamente miseráveis, sua vida é sem proveito, sem prazeres, sem qualquer progresso mental. Ninguém tem a morte à vista, ninguém se abstém de esperanças distantes, alguns chegam até mesmo a tomar disposições com relação a coisas que estão além de suas vidas: enormes túmulos, dedicatórias de serviços públicos, dádivas junto de suas piras funerárias e pomposas exéquias. Ainda na verdade, os funerais de tais pessoas devem ser conduzidos à luz de tochas e velas de cera, como se tivessem vivido por um breve período!

"Vergonhoso é aquele que, exausto mais pelo seu modo de vida do que por seu trabalho, sucumbe em meio aos seus próprios deveres."

— **Sêneca**

QR Code para comprar

facebook.com/EdPeDaLetra/

instagram.com/editorapedaletra/

www.editorapedaletra.com.br

PÉ da letra